Sonra karşıdaki eve doğru baktı. O gün taşınan komşularının lambaları yanıyordu. Annesi yeni komşularıyla tanışmıştı. "Zebra ailesinin çok tatlı bir yavruları var. Adı Zizi'ymiş. Yarın sen de onunla tanışırsın." demişti.

Yumyum bunları düşünürken babası ona seslendi:

– Yumyuum! Haydi, uyku zamanı!..

MİNİ MASALLAR

Dalgın Yumyum

Yazan: Nalan Aktaş Sönmez
(Çocuk Gelişimi ve Eğitimi Uzmanı)

Resimleyen: Ercan Polat

Danışman: Kudret Eren Yavuz
(Uzman Psikolojik Danışman)

Yayın Yönetmeni: Nefise Atçakarlar

Editör: Şebnem Kanoğlu

Kapak Tasarım: Yasemin Kondolot

İç Tasarım: Şakir Çolak

2011

Tımaş Basım Ticaret ve Sanayi AŞ
Cağaloğlu, Alemdar Mah. Alay Köşkü Cd. No:5 Fatih/İstanbul
Tel: (0212) 511 24 24 (pbx) Belgegeçer: (0212) 512 40 00

iyi ki kitaplarım var...

timascocuk.com
timascocuk@timas.com.tr

Baskı ve Cilt: Seçil Ofset
100. Yıl Matbaacılar Sitesi 4. Cad. No: 77 Bağcılar/İstanbul
Tel: (0212) 629 06 15

DALGIN YUMYUM

Hava kararmıştı. Ağustosböcekleri cır cır ötüyordu. Ay gökyüzünde ışıl ışıl parlıyordu. Yumyum odasının penceresinden yıldızları seyrediyordu.

Yumyum iyi kalpli, sevecen bir yavruydu. Ancak değiştirmesi gereken bazı davranışları vardı; ona söylenen şeyleri dikkatli dinlemiyordu. Çevresindekilerle yeterince ilgilenmiyordu. Herkes onun bu davranışlarından şikâyetçiydi.

Ertesi gün annesi ve Yumyum, pazara gittiler. Yumyum, pazar arabasını çekmeyi çok seviyordu. Annesiyle aldıkları çeşit çeşit meyveleri, sebzeleri arabaya doldurdular. Alışverişten dönerken yolda Ponpon ve annesi ile karşılaştılar.

Anneler birbiriyle konuşurken Ponpon da,

– Nasılsın Yumyum, diye sordu.

Yumyum denize doğru dalgın dalgın bakıyordu. Yumyum cevap vermeyince Ponpon,

– Yine çok dalgınsın Yumyum, dedi.

Yumyum, Ponpon'un yüzüne boş boş baktı.

– Evet, gerçekten deniz çok dalgalı, diye cevap verdi.

Ponpon, Yumyum'un dinlemediğini anladı, canı çok sıkıldı.

Kızgın kızgın,

– Of Yumyum! Beni hiç dinlemiyorsun! Neyse sonra görüşürüz, dedi. Annesiyle birlikte yollarına devam ettiler.

Yumyum, "Yanlış bir şey mi söyledim acaba?" diye düşündü. Arkadaşının niye kızdığını anlamadı.

Yumyum, pazardan dönünce bahçeye çıktı. Yeni komşularının yavrusu Zizi de bahçedeydi. Zizi'nin yanında Yumyum'un arkadaşı Şencan vardı. Zizi'ye bir şeyler anlatıyordu.

Yumyum onlara doğru yaklaştı. Zizi, Şencan'ı dikkatle dinliyordu. Şencan anlattıkça Zizi, "Evet" der gibi başını sallıyor, arada sırada "Hıhıı" diyordu.

Yumyum Zizi'ye,

– Merhaba, ben Yumyum, mahallemize hoş geldin, dedi.

Zizi de,

– Merhaba, ben de Zizi; hoş bulduk, diye cevap verdi.

Sohbete Şencan da katıldı. O sırada Yumyum'un annesi balkondan seslendi:

– Yumyum bakkala gider misin?

Yumyum öyle dalmıştı ki annesini duymadı. Zizi,

– Yumyum, annen seni çağırıyor, gitmeyecek misin, dedi.

Yumyum hemen eve koştu. Sonra annesinin istediklerini almak için bakkala gitti. Bakkaldan döndüğünde, Zizi'nin yanında bu kez de Toparlak'ı gördü. "Aa!" diye şaşırdı. "Zizi, herkesle ne kadar da çabuk arkadaş oluyor!"

Zizi dikkatle Toparlak'a bakıyordu. Konuşmasını kesmeden Toparlak'ı dinliyordu. Yumyum onların yanına gitmeye karar verdi. Tam o sırada Şencan koşarak geldi. Yumyum'un omzuna dokundu.

– Yumyum, sana bir şey anlatacağım, beni dinler misin, dedi.

Yumyum,

– Tabii, diye cevap verdi.

Şencan heyecanlı heyecanlı anlatmaya başladı. Fakat Yumyum onu dinlemiyordu. Çünkü aklı Zizi'yle Toparlak'taydı. Onların yanına gitmek için sabırsızlanıyordu.

Şencan, Yumyum'un dinlemediğini fark etti,

– Sen beni dinlemiyorsun! Bir daha sana bir şey anlatmayacağım, diyerek Yumyum'un yanından ayrıldı.

Yumyum kendi kendine "Ben ne yaptım şimdi?" dedi. Şencan'ın neden kızdığını anlayamadı.

Bu sırada Zizi ve Toparlak oturdukları yerden kalktılar. Yumyum onların başka bir yere gittiklerini fark etti. O da eve döndü.

Yumyum sonraki günlerde Zizi'nin sadece Şencan ve Toparlak'la değil, mahalledeki bütün yavrularla arkadaşlık kurduğunu gördü.

Zizi'nin kısa zamanda bu kadar çok sevilmesinin sebebi neydi acaba? Yumyum bunu çok merak ediyordu. "Herkese şeker dağıtıyor olabilir mi?" diye düşündü.

Yumyum ertesi gün bakkaldan bir kutu şeker aldı. Mahalledeki bütün yavrulara tek tek ikram etti.

Şekerleri alan yavrular Yumyum'a teşekkür ettiler. Ama sonra doğruca Zizi'nin yanına koştular. Yumyum şaşırıp kaldı. Demek, işin sırrı şekerler değildi! Peki ya neydi?..

Ertesi gün Yumyum, Toparlak'ı evine davet etti. Bilgisayarını açıp,

– İstediğin kadar oynayabilirsin, dedi.

O, bilgisayar oynarken Yumyum çizgi film izledi. Toparlak bilgisayar oyununu bitirince akvaryumdaki balıklara bakmaya başladı.

Bu sırada Yumyum da bilgisayarın başına oturdu. Toparlak birlikte oyun oynamak için Yumyum'u bekledi. Ama Yumyum onunla ilgilenmeyince,

– Ben sıkıldım, gidiyorum, dedi.

Yumyum onun neden böyle söylediğini anlayamadı. Acaba Toparlak'ın canı neden sıkılmıştı?

Bir sabah Yumyum, Zizi'yi bahçeyi sularken gördü.

Zizi ona elindeki su kabını uzattı,

– Sen de çiçekleri sulamak ister misin, diye sordu.

Yumyum,

– Teşekkür ederim, diyerek kabı aldı.

Bahçeyi sularken Yumyum'un aklına gülünç bir anısı geldi. Heyecanla anısını anlatırken Zizi onu ilgiyle dinledi. Yaşanan komikliklere birlikte güldüler.

Yumyum, Zizi'nin yanında kendini çok rahat ve mutlu hissetti. Zizi'nin kısa zamanda herkes tarafından neden bu kadar sevildiğini artık anlamıştı.

Zizi karşısındakiyle yakından ilgileniyordu. Onu çok iyi dinliyor ve anlıyordu.

Yumyum son günlerde yaşadıklarını düşündü. Kendi kendine "Arkadaşlarımın bana neden kızdıklarını şimdi anlıyorum." dedi.

"Artık çevremdekilerle daha yakından ilgileneceğim. Konuşurken onların yüzüne bakacak, anlattıklarını dikkatle dinleyeceğim."

Yumyum o günden sonra arkadaşları ile daha yakından ilgilendi. Onları dikkatle dinlemeye başladı. Ondaki değişimi herkes kısa zamanda fark etti. Yumyum ve arkadaşları artık çok daha güzel vakit geçiriyorlardı.

EĞLENELİM – ÖĞRENELİM

✶ Yumyum arkadaşlarını dikkatle dinlemeyi öğrenmiş. Acaba yanında kim var? Sayıları birleştirerek bulalım.